DIARIO DE
UN CHICO TIMIDO

John M3 Frame

2020

Muchas personas al mirarme se habrán preguntado ¿y este porque es tan tímido? es que ni le salen las palabras. Y yo solo camino a pasos largos alejándome muy rápido de ellos, ahora han cruzado en mitad del pasillo y en las escaleras; mi estomago ya está crujiendo, ahora tendré que pasar de nuevo por ahí, o ir al final del pasillo donde la maquina infernal de autoservicio está ubicada.

Oh no, no pero que ven mis ojos, ¿estaré soñando? La chica que me gusta esta justo allí está al frente de la máquina dispensadora, ella es demasiado sexy, me atrevería a decir que ella es la más sensual de toda la universidad.

¿No sé?, pero, es como si hubiera salido del anime, de esos gráficos tan sexys que uno cree que son mentira, como es que es el nombre de esa moda? Me repito continuamente a ver si me acuerdo del nombre, mientras tanto mi atención solo está dirigida a sus piernas son algo largas, en la perfecta armonía, no tan delgadas ni tan gordas, desde pequeño las piernas de las mujeres me excitan, una vez con una vecina jugamos al papá y a la mamá, bueno todos creo que habrán jugado a eso alguna vez en su vida; me acuerdo de sus piernas, aún siento mis manos por su contorno, y ahora cuando la veo no puedo evitar esta atracción, me excitó de inmediato, al ver sus medias negras que le llegan un poco más arriba de la rodilla, su falda o faldita quedaría mejor, es de una tela muy suave que se la lleva el viento con mucha facilidad; en momentos se le puede ver el contorno total de sus piernas desde la coyuntura que da a la cintura, su blusa negra esta ajustada a su cuerpo resaltando sus dos senos bastante redondos, son de tamaño perfecto diría, aunque no me fijo mucho en eso, a diferencia de otros hombres, puedo encontrar erotismo en la naturalidad, y ella es perfecta; acomodándose su suéter de color rosa, su cabello negro se mueva con la misma sensualidad de mi canción favorita.

"Hola," me dice.

Por una extraña razón no estoy temblando, siento mi garganta muy clara, no dejo de verle a sus hermosos ojos color café claro, sus pestañas están arqueadas hacia arriba en una sensual curva que resalta su mirada, sus dientes están muy blancos, todos muy bien alineados, se pasa lentamente el dedo índice por su labio inferior, eso me excita aún más.

"Hola," le digo con un tono que hasta a mí me sorprende, un tono como si yo fuera alguien mucho más alto y fuerte.

Ella giro su cara hacia el otro lado con una leve sonrisa.

"¿puedes ayudarme?" me dijo.

¿En qué? Le dije.
no sé, si notaba que le estaba mirando las piernas, obviamente si porque hasta mis ojos me dolieron al levantar la mirada a sus ojos.

Ella me sonrió.

La máquina empezó a pitar, ella giro suavemente como si estuviera bailando en cámara lenta; yo insisto es como si hubiera salido del anime, su cabello, sus ojos, sus labios, su piel perfecta, su cuerpo. Oh dios mío, estoy tan duro que se me dificulta caminar.

Ella tomó un paquete de golosinas, me miró, sonrió.

"Mejor yo te ayudo," dijo

¿que? ¿porque dice eso? Fue lo primero que pensé; tomó mi mano me hizo correr junto a ella por todo el pasillo, hasta llegar a un auditorio que siempre está vacío.

Ella no dejo de sonreír hasta que entramos a un pequeño pasillo algo oscuro, antes de salir a la terraza del edificio de la universidad, sin duda ella ya había estado ahí antes, porque sabía que estaba solo.

Me miro a los ojos, con una de sus manos se masajeaba el cabello y me miro directo al cierre de mi pantalón.

Yo seguía mirándola sus labios ahora lucían más brillantes, deseaba besarla, pero no me atrevía, mis manos empezaron a sudar cuando ella de un momento a otro se quitó la blusa y se desabotono la falda dejándola caer suavemente por sus piernas.

No lo podía creer, ¿acaso era un sueño? Tenía a la chica más hermosa al frente en ropa interior y con una gran sonrisa como invitándome a besarla, me sentí volando como si no estuviera con los pies en la tierra.

De pronto bajó una mano a su ropa interior, suavemente con los dedos se tocaba la parte delantera de sus pantis, lo recuerdo muy bien porque desde ese momento esos pantis negros con encajes de flores semi transparentes se me aparecen justo antes de dormir; me sentí mojada tenia los calzoncillos apretados a punto de romperse, siguió tocándose suavemente a veces intercambiaba la posición de los dedos, por algunos segundos delineaba la abertura de sus labios.

Sentí mi garganta seca, suspire profundamente, se me acerco puso una de sus manos en mi nuca y me beso tiernamente, aunque mis manos temblaban lo primero que hice fue cogerle la cola, me sentí en el cielo, mi mano se consumió entre la suavidad de sus nalgas, yo le acariciaba como si el mundo se fuera acabar, como si quisiera devorarla y hacerla mía; aunque ella retrocedió unos centímetros, yo seguía agarrándole las nalgas como si quisiera conocerlas al detalle, a veces mis dedos entraban en los pliegues de sus pantis en la mitad de las dos firmes, redondas y deliciosas nalgas, ella empezó a gemir, pego su cuerpo al mío, sentí que por mi pene bajaba una gota suavemente, me sostuve con más fuerza en su cola, ahora no me importaba tocarla con mayor fervor, hasta mis manos se empoderaron, le arrugue los pantis los sube unos centímetros, ella gimió me paso la lengua por un poco más abajo de mi oreja, metí las dos manos por debajo de su ropa interior, oh dios mío que delicia, otro chorro bajo por mi pene; ella se hizo un poco hacia atrás, me miro a los ojos me beso suavemente, luego volvió a hacerlo esta vez su lengua se movía con mucho deseo dentro de mi boca, la bese con locura, le toque los senos, la palma de mi mano los cubrían perfectamente, eran bastante redondos, al tocarlos ella gimió más se pasó la lengua remojándose los labios, la volví a besar esta vez yo tome la iniciativa, ella correspondió el movimiento y además con sus dos manos subió mi suéter junto con mi camiseta queriendo desnudarme, ya mis manos estaban ligeras sin ninguno miedo me quite la camiseta y el suéter

Ella me volvió a besarme, yo le seguí tocando la cola, esta vez lo hacía con más delicadeza y suavidad;

Ella me dijo

"Bájalo," Cuando le sostuve el borde del panti.

Lo baje lentamente.

"Quiero sentir tu lengua," dijo mientras con una de sus manos inclino mi cabeza.

Nunca lo había hecho, pero no renegué, me incline lentamente besándole primero los senos, el ombligo, cuando me incline completamente ella me masajeó el cabello, sentí otro chorro caliente dentro de mis pantalones.

No pude dormir en toda la noche, aún tengo la erección
como si estuviera con ella, siento su olor, el calor de su
cuerpo, estoy empapado en sudor; he eyaculado varias
veces de forma igual que lo hice cuando estaba dentro de
ella.

Hoy tengo que verla de nuevo, se dónde se la pasa de
seguro también querrá verme, pero no me quiero bañar no
quiero perder su aroma, lo liso de mi piel con sus fluidos
todavía en mi cuerpo.

Reviso el celular cada segundo como si fuera los latidos
de mi corazón, salí tan rápido del apartamento que ni me
di cuenta que me puse las medias al revés.

Suspiro profundo antes de entrar al mismo edificio
donde tuvimos sexo por más de una hora, allí está el
mismo grupito que siempre se secretan cuando paso
por ahí, pero hoy soy diferente, camino como lo haría
James Bon, o si así como en esa película me siento, de
hecho en notado que ahora todas las mujeres me miran
como desnudándome hasta la portera, que no está nada
mal por cierto, pero bueno hoy no tengo más ojos que
para mí chica, no lo puedo creer la mujer más bella de la

universidad, no puedo creerlo ayer fue también el día que perdí mi virginidad.

Umm para ella creo que no, lo cual me da algo de rabia, imagino con cuantos ha estado, si de la misma forma como lo hicimos o si fue diferente, todo eso se cruza por mi mente mientras paso de forma pausada por el grupito.

Me da risa como me miran hoy, parece que hubieran visto al rey, al galán, a James de hecho jejeje

Ahora las mujeres de ese grupo también me miran así, es como si gritaran

"Oye lo hacemos ya, te quiero"

Lo veo cuando pasan sus lenguas disimuladamente por sus labios.

Jajaja ahora los que se reían evaden la mirada como si se sintieran nerviosos, claro que se cómo es eso, pero hoy soy diferente por una extraña razón no tengo timidez y si hoy tuviera que dar un discurso, todo el escenario me aplaudiría, me alabaría, sería su dios.

Mis pasos son ahora rápidos, el corazón me late muy rápido también, siento que se va salir de mi pecho, mis manos comienzan a sudar y a temblar.

Ella tiene clase en el salón a pocos metros de mí, mis pies no quieren obedecer, ahora siento de nuevo que todos me miran, que me apuntan con sus dedos y hacen gestos.

En grupos de tres y dos salen todos los que se encontraban en ese salón, pero ella.
¿ella? no la vi.

¿por qué? ¿acaso me equivocaría de salón o de hora?

Saco la hoja donde cuidadosamente anote los horarios, y toco concuerda

¿qué pasa? Acaso el destino está jugando conmigo.

Aunque mis pies tiemblan como gelatina me acerco a la puerta, veo al profesor y él me mira también, como si estuviera desorientado ante la ausencia de ella.

"Ey no estorbe en la entrada," dice un hombre corpulento empujándome.

Ni siquiera lo miro, solo tartamudeo, giro lo más rápido que puedo, me quedo observando hacia el pasillo.

Ella tiene que pasar por aquí lo sé, me repito frecuentemente.

Han pasado más de diez veces cada uno de los compañeros, me miran sonríen y se van rápido

Mis pies me duelen de estar en la misma posición.

"Vamos a cerrar" alguien me dice cerca del oído.

Que susto, sentí un corrientazo por todo el cuerpo, sin mirar al portero quien me dijo de nuevo vamos a cerrar, salí despavorido y me encerré en el cuarto de mi apartamento.

Hoy de nuevo en la universidad la espero en la entrada, sus amigas hace rato entraron, se quedaron observándome como si algo supieran, algo que no quisieran decirme; bueno si fuéramos amigos, pero la verdad ellas me han visto las mismas veces que yo a ellas y son contadas con los dedos de la mano.

"ey que paso que lo veo triste," dice Willie palmeándome en la espalda.

Él tiene una mano pesada casi me parte las costillas.

"Que más," le dijo sin dejar de ver a la entrada.

"¿Y eso a quien espera?" dice con cara de chismear.

"¿Que esperan ahí?," dice Martin

Siempre inoportuno.

"Nada," le digo.

De repente mis manos tiemblan, ella está a tan solo unos

metros viene directo hacia a mí.

"Uy mire lo suyo," dice Martin mientras me codea.

Respira profundo, estoy preparado para que estos dos se queden boca abiertos apenas ella me salude; doy un paso al frente y la miro fijamente.

"Dele paso a la señorita," dice Willie

Me he quedo inmóvil casi sin respiración.
¿será que no me vio? ¿no me conoció?
Ella paso a centímetros de mí y ni siquiera se fijó que estaba al frente, paso de largo con pasos muy firmes, solo pude oler su perfume, el mismo que tengo impregnado en mi piel.

"Yo pensé que le iba a decir algo," le dice Martin a Willie

Willie hace una mueca queriendo decir, ese para que le diga algo a una mujer tiene es que estar alcoholizado.

"Ella es mi novia," les digo en voz alta para ver si ella escucha, y se devuelve al menos a cachetearme.

Pero ella continuo con su caminado sexy.

"Ush pero esta buena la boba," dice Willie.

"Si que lo está," les digo mientras simulo tocarle la cola.

"Eso desde esa distancia es lo máximo que llegará," dice Martin.

"Ja ayer la tuve aquí," les muestro la palma de mi mano.

Otra vez el gesto antipático de Willie.

¿Cuánto quieren perder? Les digo.

Los dos se ríen a carcajadas, hasta yo me reirá de mi hasta hace unos pocos días, pero ahora soy un James Bon y no lo voy a ocultar.

En serio, ¿cuánto? Les vuelvo a decir.

"Listo, mil dólares" dice Willie.

"Ok" le digo mirándole a los ojos.

Él estira la mano y yo se la estrecho en símbolo de cerrar el trato.

"Pero como sabemos," dice Martin.

Umm la vieron ella me vio, pero se puso tímida por ustedes, entonces yo hablo a solas con ella y ven que nos besaremos en seguida.

Willie se queda pesando por un momento.

"No, noooo. Mínimo le dice que es una apuesta," dice.

Martin confirma y me mira.

"Ok, ok" dejare una llamada abierta y escucharan la conversación.

Willie se frota la barbilla, sé que cuando lo hace le ha sonado la idea.

"Listo," dice

"Pero tenemos que estar cerca, por si le pasa un papel o algo" dice Martin.

"Uy si este loco tiene razón," dice Willie

"Listo, de una vamos ya" les dijo rápidamente, porque la vi sentarse sola al lado de la cancha de futbol.

"¿En serio se la comió?," dice Martin mientras me toca el hombro.

Yo sigo caminando observándola fijamente.

"De todas las formas," le digo

"Willie, este va en serio," dice Martin

Willlie hace Otra vez ese gesto fastidioso y se frota las manos.

"Ya tengo para irme de farra esta noche," dice sonriendo.

Hoy ella tiene una camisa blanca le queda preciosa, una falda corta, demasiado corta ahora que no quisiera que la mirara nadie, oh por dios esas medias de malla, ella se ve tan sexy.

Desde la portería me ven esos dos que están escuchando mis pasos, Willie agita sus brazos en el aire, si ya se tengo que ir directo a ella antes que se vaya o venga alguno de sus amigos.

Ella cruza una de sus piernas, los recuerdos son tan vivos en mi mente, siento mis manos recorriéndolas, mis labios besándolas y mi legua chupándolas.

Me aclaro la garganta antes de decirle hola.

Y como si nada ella sigue escribiendo velozmente en su teléfono.

Hola le digo sentándome al lado a pocos centímetros.

Su pie se balancea por unos escasos centímetros, eso es buena noticia, quiere decir que ya me escucho.

Ahora Martin es el que levanta los brazos, y me señala insistentemente que le siga hablando.

Emm no he dejado de pensar en ti digo observándola a la cara.

Ella sigue mirando a su teléfono.

La recorro como queriendo devorarla de nuevo, siento de nuevo una gran erección me duele mi pene al presionarse con el pantalón.

Me acerco otros centímetros más, la miro y suspiro.

Me estas escuchando, digo en voz más alta.

Ella mueve uno de sus pies delicadamente, se arregla el cabello y sigue escribiendo en su teléfono.

Mis manos tiemblan, mi voz se quiebra, desde aquí puedo escuchar las carcajadas de Willie.

"¡Gane!," dice en voz muy alta.

Ella lo mira por un momento, luego observa hacia la pantalla de su teléfono y sonríe pícaramente o ¿descaradamente?, ¿con quién hablara?, ya me dio rabia, celos con quien estará chateando que ni siquiera me ha puesto atención.

Me acerco le toco el brazo.

"¿Qué pasa?" le digo

No sé, pero me salió en voz alta, no puedo disimular mi enojo, hasta siento que mi labio inferior tiembla mucho.

Su mirada, ese gesto de como si nunca me hubiera visto en su vida; un vacío invade mi pecho, siento que no puedo respirar.

Ella observa para el otro lado, luego hacia el teléfono, hace un gesto como si tuviera asco de algo.

No sé qué hacer, que decirle más.

"Oye vamos a follar de nuevo," fue lo primero que se me ocurrió.

Su cara se arrugo completamente.

"¿Qué le pasa?, ¿lo conozco?," me dice como si estuviera muy molesta.

Las carcajadas de esos dos no paran, con mis manos temblorosos apago el teléfono.

"En serio, no he podido dejar de pensar en lo que paso," le digo

Ella reaccionó con violencia, se pusó de pie.

"No sé quién es usted, no sé de qué me habla," dijo antes de irse de forma muy rápida.

Ella se ve bonita incluso cuando esta furiosa, su trasero se es tan perfecto, creo que se va a crear una macha muy grande en mi pantalón, no aguante y eyacule como si hubiera estado dentro de ella de nuevo.

Willie y Martin se acercan a pasos largos, están celebrando, se secretean en voz alta, como si no alcanzará a escuchar que hablan de cómo gastar los mil dólares, pero yo no tengo cabeza para eso.

¿Porque ella reacciono así?, ¿porque lo hizo?, ¿se daría cuenta que la estaban escuchando?, no imposible, pero que más seria,

Han pasado varios días desde aquel vergonzoso momento, tuve que pagarle los mil dólares a Willie, no les he vuelto hablar desde entonces, creerán que es porque soy un mal perdedor, pero ahora no me importa nada de lo que piensen.

Estoy en este pasillo fingiendo revisar mi teléfono, viendo cada segundo intermedio hacia el frente, por si ella pasa, de hecho, tiene que pasar por aquí, todos tenemos que pasar en alguno momento por este pasillo. Es gracioso ver las caras de quienes me observan, es como si en sus mentes cado uno se preguntara sobre qué hago aquí, pero ninguno sabe, ni se atreve a decir nada.

Mis manos tiemblan, la observo apenas ella gira para venir directo para acá, respiro profundo y paso por el lado viéndola directo a los ojos, ella me observa también, pero evade la mirada y camina de forma apresurada.

Siento que todos me miran que el tiempo se detiene, inmediatamente me doy la vuelta cuando ella me pasa a mi lado, y la sigo hasta que entra en uno de los salones.

Me quedo un momento al lado de la puerta, pude ver que

hay varias sillas disponibles, pero no sé si sea buena idea, pensara que estoy loco, tal vez se asuste, pero tengo que hablar con ella, que me explique porque ahora actúa como si no me conociera.

Como si su lengua no hubiera probado mi pene, como si no hubiera tragado mi saliva y mis fluidos, alguien con quien hagas eso no es nunca un desconocido, siempre quedara en la memoria, bueno al menos eso es para mí, o ¿será que le doy mucha importancia a eso?, y es solo sexo, pero, aunque fuera eso, a menos un saludo, o una despedida para saber que no lo imaginé, o que estoy perdiendo la cordura.

Varios de sus compañeros los he visto en teatro, apenas entro al salón me saludan como si fuera uno más de la clase, yo apenas los saludo moviendo mis cejas hacia arriba; ella se queda viendo hacia la puerta, eso me da algo de satisfacción para saber que no soy invisible, muy rápido me siento atrás de ella para que no se dé cuenta que estoy temblando mucho.

Estoy que me duermo en esta clase, no sé cómo pueden soportar esto, pero si salgo ahora todos me miraran y se darán cuenta que no soy de esta clase, lo peor quedaría en total evidencia con ella, aunque para el caso daría lo mismo.

Espero a que termine la clase, ella sale con varias de sus amigas, se secretean y miran a un grupo de chicos.

"Perdón lo siento," me dice una chica después que nos chocamos.

¡Mi pecho ¡creo que uno de sus libros rompió una de mis costillas, no le digo nada, pero me gustaría insultarla y destrozarle todos esos libros.

"Tranquila," le digo mientras le entrego el libro que casi me atraviesa el pecho.

La chica sonríe, enrojece y se va rápidamente.

Observo hacia los dos lados del pasillo, no encuentro al amor de mi vida, pero si solo fue un segundo,
¡ya se ¡
Ella debe estar en cafetería siempre va por un café.

Muy cerca de la cafetería veo a una de sus amigas, lleva algunos paquetes de golosinas y corre por las escaleras.

Me quedo observándola hasta que gira rápidamente como si fuera a la biblioteca.

¿La biblioteca? Me repito varias veces, ella no es de las que le gusta leer o creo que no, además no va con su estilo, con su falda tan corta, con su ligero; a no ser que sea una fachada y la utilice para tener sexo, como lo hizo conmigo.

Solo hay forma de averiguarlo, así que vamos me digo a mí mismo.
Aquí todos me conocen se puede decir que casi soy una estrella, soy el más popular, sin lugar a dudas este es uno de mis sitios preferidos, no porque disfrute estudiar o leer, sino porque es un lugar silencioso.

Ella está buscando un libro, es la primera vez que la veo aquí, ¿será que es una señal?, ¿y quiere estar conmigo de nuevo?, yo diría que sí.

Me acerco cuidando mis pasos, aquí pongo en práctica

todos los videos de ninjas, los consejos de confundirse con el enemigo, el hacerse invisible en el ambiente, de eso soy un experto.

Al otro lado del estante la observo directo a los ojos, no sé de ciencia, pero siempre que me quedo viendo a los ojos de una persona en cuestión de segundos también me observa, creo que es algo de telepatía; totalmente cierto ella giro, le volví a ver esos ojos como me miro ese día

"Hola," digo sonriendo.

Ella me sonrió levantó su mano como invitándome de nuevo.

¡Si! Lo hice entré a su corazón de nuevo, me repito mientras camino hacia ella.

De repente sus pasos son largos, toma su celular hace una llamada, parece alterada como si hubiera visto un fantasma

Corro tratando de alcanzarla, pero ella también corre justo cuando escucha mis pasos.

Necesito ponerme en forma ya no siento mis piernas, me falta el aire, tengo que descansar.

Ella sigue corriendo, a ratos se le levanta la falda se le puede ver el ligero y su ropa interior esta vez son de color rojo oscuro.

Tomo aire como si me estuviera asfixiando, realmente estoy mal de físico, corro atravesando el ultimo pasillo y bajo las escaleras de forma rápida.

Allí viene la chica que casi me saca los pulmones, me mira fijamente, y sonríe.

"Hola," me dice.

Yo no le digo nada, lo que me importa es no perder a mi amor para aclarar todo y vivir felicites para siempre.

Sigo corriendo siguiéndole hasta la cafetería.

¿No sé si entrar?, ¿tal vez ella se moleste?, ¿o tal vez sea la oportunidad para hablar con ella?, ¿no sé qué hacer?, todas esas incógnitas pasan en mi mente justo antes de pasar la puerta.

Ella me mira de una forma extraña como si tuviera miedo de mí, lo cual no tiene sentido sabiendo que nos conocimos profundamente, una de sus amigas me mira también; ella le dice algo y las tres se van rápido por la salida del otro extremo.

Mis manos tiemblan siento que estoy haciendo el ridículo, ahora hasta creo que, si me estoy volviendo loco, si no fuera porque aún la huelo como estuviera aquí conmigo chupándome, no estaría completamente seguro.

Miro hacia el frente, otra vez la chica de las escaleras, la misma que casi me rompe las costillas estas ahí, observándome saladamente con una de sus manos.

Finjo como si no la viera, giro rápido y salgo lo más pronto de allí.

25

Ayer me quedé investigándola en las redes sociales, al parecer tiene novio, no es como pensé que era, en realidad parece que disfruta de tener relaciones furtivas, por lo que pude indagar, me hice pasar por otra persona en chat, me siguió la cuerda bastante bien, quiere decir que es accesible por cualquiera.

Estoy observándola, ella está comprando algo en cafetería, hoy tiene una blusa de color negro con franjas blancas, tiene un mensaje en francés, es como si fuera un pensamiento, me imagino que es algo sexy, su falda negra es más corta que las anteriores, apenas si le cubre la cola, sus botas son un poco largas le llegan más arriba de las rodillas, y diría que los tacones también son mucho más altos, la noto super alta.

Dos tipos se acercan a ella, uno la agarra de la cintura, me quedo viéndole, creo que le toca la vagina, lo hace con uno de sus dedos, ese debe ser el novio, o tal vez uno de sus nuevos amantes, el otro pone uno de los codos sobre la vitrina, le mira los senos; pero, ¿qué es eso? ¿acaso irá de trio ahora mismo? ¿o Qué?

Ella se da la vuelta, me mira fijamente como si me odiara, luego le dice algo al chico que tiene el codo sobre la vitrina, ahora los tres me miran, sonríen, se secretean; los dos hombres ahora es como si me desafiaran, me miran como si quisieran empezar una pelea.

"Perdón," me dice una chica mientras se apoya en mi hombro.

Esta chica no la había visto, creo que es nueva, se parece al amor de mi vida, si no las estuviera viendo a las dos diría que son la misma, esta chica huele a la misma fragancia, de hecho, ese olor es el que tengo impregnado en la mente.

¿será que estoy alucinando? ¿ahora veo a todas como ella?

Agito la cabeza, respiro y cuento hasta diez.

Esta chica en serio me está observando, es igualita pero su mirada es diferente sus ojos se ven más dulces, su boca más suave, su suéter de color rosa la hace ver tierna, que contrasta con su figura sexy.

¿pero de dónde salió? ¿porque no la había visto antes?

¿Y porque le parezco tan familiar?, pues no ha dejado de sonreírme.

¡Oh que pasó ¡, ¿qué me paso?, sentí un fuerte empujón.

"Usted es el pervertido que no la deja en paz," me dice un tipo mientras me sostiene fuertemente del cuello.

Con todas mis fuerzas logra zafarme, y retrocedo saliendo de la cafetería.

Ahora otro tipo me empuja, son los dos que estaban con ella, seguro son sus nuevos dos amantes, mis manos tiemblan, aunque quisiera partirles la cara estoy paralizado.

"No se vuelva acercar a ella o juro que lo mato," me dice uno de ellos, expulsa mucha saliva y moja mi cara.

En estos momentos extraño a Willie es un artista para pelear, seguramente los haría trizas.

"Ella es mía," les digo mientras corro por el medio del pasillo.

Escucho sus pasos al perseguirme, no sé si vaya aguantar solo sé que estoy corriendo como si fuera en una maratón.

No puedo mover mi brazo todavía, hace ya cinco días desde que recibí una paliza, mis amigos no saben, ni les pienso contar, me preguntarán quienes fueron, y si me defendí.

Yo los hubiera dejado en el hospital, me dirían con cara de sorpresa.

Pienso mucho en dar cada paso, mi cuerpo me duele, tengo que disimular el dolor con las personas que se quedan observándome, el portero de la universidad es uno de ellos, desde que llegue en el taxi no ha parado de verme.

"Buenos días," le digo para que no me mire más, y efectivamente solo mueve la cabeza y se va hablar con su compañera, yo creo que ese tiene su guardado con ella, como se miran; si, esos dos tienen algo.

Auch, mi brazo parece que se me zafa al bajar ese escalón que da ingreso a la universidad.

Hoy solo quiero llegar al salón de clases, sentarme, prestar atención y nada más; no he hecho nada de trabajos y ya estamos a más de la mitad de semestre, no me puedo dar el lujo de repetirlo.

Siento que me he puesto pálido, el sudor es frio al dar pisar el primer escalón, es como si se me abriera el pie, es un dolor que recorre todo mi cuerpo, no sé si podré llegar hasta el salón, tengo clase en el piso quinto.

Ok creo que no fue buena idea, allí vienen de nuevo, rápidamente me hago contra una de las esquinas, me protejo la cabeza con mis brazos, mi corazón late a mil.

"¿Lo vieron? que imbécil," dicen mientras pasan por el lado.

Uff me salve, hoy no quiero enfrentarlos estoy muy adolorido todavía, y creo que mi hombro esta dislocado, parece que mis gestos me delatan porque los compañeros que van bajando me observan como si estuvieran aterrados, ahora siento fiebre, siento que mi cara arde en llamas, hasta mi voz tiembla al decir buenos días.

Me duelen las piernas, siento como si hubiera corrido una maratón completa, mis músculos parecen congelarse.

Oh gracias al cielo, me gusta cuando hay muchas personas en el pasillo, es como un sálvese quien pueda, nadie se da cuenta de nadie, como si el que está al lado les importara una mierda, eso es precisamente lo que quiero, que estén en su maldita vida y no me observen más como si fuera un bicho raro.

Esto es el paraíso puedo hasta cojear libremente, frotarme el hombro sin temor a que me pregunten ¿qué le paso?

Uy aunque puede ser peligroso ya me rosaron el hombro, me contuve de gritar, giro hacia atrás, es un profesor que pareciera huir de alguien o algo.

Pero que, ¡oh por dios! creo que ahora si moriré, mi hombro mi brazo no lo puedo mover, mis lagrimas se aparecen en mis ojos, veo todo borroso, no veo a quien me chocó, ¿quién fue? ¡maldita sea!

Al tomar aire veo en el piso el mismo libro que el otro día casi me abre las costillas, ¿no puede ser que se la misma chica?, siento que me voy a desmayar.
  Una chica se acurruca recogiendo el libro

"Lo siento," dice

Al escuchar el mismo tonito estoy seguro que es la misma chica, ¿qué quiere?, ¿acaso pretende matarme?

Ella se levanta como en cámara lenta, me mira fijamente a los ojos.

Y yo quedo como una estatua, ¡no puede ser! ella es como si fuera la doble de mi único amor.

Ella pone una de sus manos en sus labios y sonríe

"Vamos," me dice mientras avanza unos metros.

Ella viste muy sexy, una minifalda de color rosa, una blusa blanca con líneas negras que deja ver su abdomen y sus hombros.

¿Ese olor?

Es el mismo de ella ese día, el día de mi dicha, pero también de mi tristeza.

Ella se devuelve, me abraza cariñosamente.

"¿Ahora si me recuerdas?," me dice al oído

***

historias llenas de secretos, de enigmas, del misterio que
se esconde en las letras de los poemas.
Tejido sensualmente en torno a emociones, sentimientos,
sueños y deseos.

Gracias !

Espero que hayas disfrutado :)

www.JohnM3Frame.com